JOSEPH BOULMIER

RIMES

CHEVALERESQUES

PARIS

LIBRAIRIE ADOLPHE LAINÉ

RUE DES SAINTS-PÈRES, 19

1871

RIMES

CHEVALERESQUES

LISTE DES OEUVRES

—

POÉSIE

Odes saphiques (1852)
Rimes loyales (1857)
Légende d'un cœur (1862)
Rimes brutales (1864)
Portefeuille intime (1864)
Rimes chevaleresques (1868)

PROSE

Estienne Dolet (1857)

Paris. — Impr. de Ad. Lainé et J. Havard, rue des Saints-Pères, 19.

JOSEPH BOULMIER

RIMES

CHEVALERESQUES

PARIS

LIBRAIRIE ADOLPHE LAINÉ

RUE DES SAINTS-PÈRES, 19

—

1871

LE MOYEN AGE

LE MOYEN AGE

PRÉLUDE

Disjecti membra poetæ.

I

J'aime le moyen âge et sa robuste allure,
Son front beau de pâleur, sa longue chevelure,
Sa taille germanique et ses sourcils heurtés,
Avec ses yeux de moine aux perçantes clartés.

Aux heures d'insomnie et de vague souffrance,
Maintes fois, spectre aimé, sa douce remembrance
A mon chevet brûlant vient se faire entrevoir,
Et me parler des preux, et me ramentevoir
Tout un monde d'azur, de soleil, de féerie.
Oh! que je suis heureux alors ! Ma rêverie,
A chacun de mes pas faisant poindre une fleur,
M'abstrait d'un présent morne où tout n'est que douleur.
Au murmure étouffé des chroniques lointaines,
Berçant mes songes d'or à formes incertaines,
Mon espérance, éclose au feu du souvenir,
Sur le passé traduit commente l'avenir.
Érudit inspiré, poétique antiquaire,
Baisant l'in-folio comme un saint reliquaire,
Le soir, quand tout se tait, je savoure sans bruit
L'idéal ou le fait, la fleur bleue ou le fruit,
La légende ou l'histoire, et, dans ma fantaisie,
J'accouple deux beaux noms : Science et Poésie !

II

Écoutez à présent : trouvère au vieux refrain,
Dévorant le passé dans ma verve sans frein,
Je veux à mon pays, victoire par victoire,
Consacrer, Dieu m'aidant, un panthéon de gloire,
Une Iliade immense où, rhapsode gaulois,
Je déploierai, comptant les vers par les exploits,
Aux rachitiques nains de l'époque où nous sommes
Un firmament sans borne étoilé de grands hommes.

Pour l'accomplissement d'un si vaste dessein
J'ai gardé tout le feu que Dieu mit en mon sein.
Oh ! je le sais, ma voix se perdra dans l'espace ;
Et le cri glapissant du feuilleton qui passe,
Les aboiements confus des serviles journaux,
Étoufferont partout mes chants nationaux.
Mais au barde essoré qui vers le ciel s'envole
Qu'importent les dédains de la foule frivole,
Ses brocards hébétés, ses gros rires moqueurs,
S'il emporte les vœux de quelques nobles cœurs ?

DIEU LE VEUT

DIEU LE VEUT

(1095)

———

Gesta Dei per Francos.

I

L'Ermite avait parlé ; sa voix grave et sonore
Aux oreilles des preux retentissait encore.
A son tour se leva le Pontife romain,
Le Vicaire du Christ, un vieillard surhumain.

La brise, qui du ciel semblait être venue,
Éparpillait les flots de sa barbe chenue;
Bientôt au fond des cœurs son discours résonna,
Et l'on crut voir Moïse arrivant du Sina :

II

« O nation des Francs, terre aux grandes emprises,
« Beau pays que deux mers embaument de leurs brises,
« Et qui, du haut des monts d'où s'élance le Rhin,
« Abaisses sur l'Europe un regard souverain ;
« Bras droit du Tout-Puissant, glaive de l'Évangile,
« Du jour où Chlodowig, brisant tes dieux d'argile,
« Au foyer de ton cœur mit le Verbe immortel
« Comme le feu sacré sur son plus digne autel ;

« Peuple chéri du Christ, entends notre voix haute :
« Tu sauras quel motif nous amène, ô notre hôte,
« Quand les pourceaux d'Islam se vautrent au saint lieu,
« Nous, l'humble serviteur des serviteurs de Dieu.

« Des créneaux de Byzance et des tours de Solyme,
« De la sainte montagne où, dans un chant sublime,
« David avec son Dieu conversait à genoux,
« Un bruit, un bruit sinistre, est venu jusqu'à nous.
« Une race maudite, étrangère, exécrée,
« Dont le front n'a jamais connu l'onde sacrée,
« Noire engeance au cœur sourd, à l'esprit révolté,
« Peuple aussi loin du Christ que de l'humanité ;
« Ce peuple, écoutez tous, a, d'une main hardie,
« Violé, par le fer, le rapt et l'incendie,
« La terre qu'inonda d'un flot réparateur
« Le sang pur de l'Agneau, du divin Rédempteur.
« Troupeau de mécréants, horde sombre et farouche,
« Chaque jour on les voit, le blasphème à la bouche,
« La fureur dans les yeux, la hache en main, tantôt,
« Ras du sol, démolir les temples du Très-Haut ;
« Tantôt, les réservant à de honteux mystères,
« Profaner les autels, souiller les baptistères,
« Et sous les saints arceaux les hymnes de Sion
« Font place à leur Coran d'abomination.
« Insulter les chrétiens, les navrer, les occire,
« C'est peu de chose : ils vont jusqu'à les circoncire !

« Le sang ainsi versé comme un sang d'animaux
« Coule, opprobre sans nom, dans les fonts baptismaux...
« Heureux ceux qu'à la mort destine leur clémence !
« Et cependant tremblez : le massacre est immense,
« Et jamais on n'a vu tant de variété,
« D'imagination, dans la férocité.
« Moins tigre est pour sa proie un tigre dans son antre.
« Les uns, percés d'un pieu qui leur sort par le ventre,
« Se traînent éperdus, mutilés, chancelants,
« Sous le fouet qui les presse affolés, pantelants,
« Jusqu'à ce que soudain leurs entrailles débordent
« Et qu'ils tombent, happés par des chiens qui les mordent ;
« Les autres, garrottés debout contre un poteau,
« Sont une cible offerte à la flèche, au couteau,
« Et leurs cris sont couverts par la bruyante ivresse
« Que provoque autour d'eux chaque preuve d'adresse.
« Aux plus favorisés on fait tendre le cou
« Pour voir qui tranchera leur tête d'un seul coup.
« Que dire des enfants, des femmes ? ô misère !
« En parler serait plus terrible que s'en taire.

« Le droit, le droit divin de punir ces tyrans,
« A qui reviendrait-il si ce n'est à vous, Francs,
« A vous, les fils aînés de notre Église vraie,
« A vous, froment élu, froment purgé d'ivraie,
« A vous qui possédez, forts parmi les plus forts,
« L'héroïsme de l'âme et la vigueur du corps,

2

« Comme si de tout temps la Justice éternelle
« En vous se fût choisi son instrument fidèle?
« Que du preux Charlemagne et du féal Roland
« Le souvenir vous soit un aiguillon brûlant;
« Vous êtes leur lignée, et ce nom vous décore :
« Devenez leurs rivaux; comme eux, plus loin encore.
« Élargissez, chrétiens, reculez en tout lieu
« L'empire de la foi, les frontières de Dieu.
« Quand sous des pieds impurs la tombe vénérée,
« La tombe du Sauveur, gémit déshonorée,
« Héritiers invaincus de pères triomphants,
« Songez à vos aïeux, songez à vos enfants.

« Êtes-vous retenus, vous que l'honneur enflamme,
« Par les pleurs d'une mère ou l'amour d'une femme?
« Des terrestres liens subissant le pouvoir,
« Vous sentez-vous faiblir en face du devoir?
« Eh bien! hommes pétris d'une si molle argile,
« Écoutez, écoutez la voix de l'Évangile...
« A tout ce passé lâche il vous faut dire adieu;
« Écoutez, écoutez la parole de Dieu :

« *N'est pas digne de moi celui qui me préfère*
« *Ou son fils, ou sa femme, ou son père, ou sa mère.*

« *Celui qui pour mon nom, calme, aura tout quitté,*
« *Sa famille, son champ, sa maison, sa cité,*
« *En échange obtiendra, dans ma cité nouvelle,*
« *Le centuple, et vivra de la vie éternelle.*

« Dans le Livre inspiré cela se trouve écrit;
« C'est ainsi qu'a parlé le Seigneur Jésus-Christ.
« En avant donc, chrétiens! là-bas! à la rescousse!
« En Orient! suivez la divine secousse;
« Franchissez, glaive en main, les plaines et les monts,
« Les fleuves et les mers, à l'assaut des démons;
« En avant! Dieu le veut! sus aux païens infâmes!
« Courez où vous attend le salut de vos âmes,
« Où le triomphe est pur, où le martyre est beau;
« Dieu le veut! Dieu le veut! vengeance au saint tombeau! »

III

Le grand vieillard se tait. De l'innombrable foule
Un frémissement sourd fait ondoyer la houle;
Glaives et panonceaux s'agitent confondus,
Pour un même serment tous les bras sont tendus :
« L'Apostole a raison, l'héritier de saint Pierre
« A bien parlé; barons, il nous reste à bien faire.
« Honni soit le faitard qui ne se résoùdra!
« Au jour du jugement, qu'est-ce qu'il répondra? »

Souffle d'en haut, le vent des guerrières tempêtes
Brasse et soulève au loin cet océan de têtes;
De chaque âme s'élance au ciel un même vœu,
Et de chaque poitrine un seul cri : « DIEU LE VEUT ! »

LE COMBAT DES TRENTE

LE COMBAT DES TRENTE
CHANT DE GUERRE BRETON
(1351)

Brétoned, tud kaled.

I

Voici le mois de mars avec ses lourds marteaux ;
Triste, sombre, orageux, il frappe à nos linteaux ;
L'averse dans nos champs courbe l'arbrisseau frêle,
Et l'on entend craquer nos vieux toits sous la grêle.

Oui, mars arrive à nous avec ses lourds marteaux :
Mais ce n'est pas lui seul qui frappe à nos linteaux,
L'averse n'est pas seule à courber l'arbre frêle,
Nos toits ne craquent point seulement sous la grêle.

Ce n'est pas seulement l'averse et le grêlon
Qui frappent : c'est encor l'Anglais, l'Anglais félon ;
Plus noir que l'ouragan, plus affreux que l'averse,
Fond l'homme d'outre-mer sur nos toits qu'il renverse.

O vous, notre patron, soldat toujours vainqueur,
Monseigneur saint Kado, donnez-nous force et cœur ;
Faites-nous aujourd'hui, par val et par montagne,
Balayer ces brigands du sol de la Bretagne.

Après le grand combat, si nous vivons encor,
A vous large ceinture et riche cotte d'or ;
A vous glaive d'acier brillant d'éclairs sans nombre,
A vous manteau de roi bleu comme un ciel sans ombre !

Si bien qu'en vous voyant, patron des gens de cœur,
Tous nos rudes Bretons répéteront en chœur :
« Ici-bas ou là-haut, ciel ou terre, il n'importe,
Monseigneur saint Kado sur tous les saints l'emporte ! »

II

« Dis-moi, page, combien sont-ils d'Anglais? — Combien?
Un, deux, trois, quatre et cinq; seigneur, écoutez bien :
Six, sept, huit, neuf et dix; onze; leur nombre augmente;
Douze, treize, et puis quinze, et puis vingt; ils sont trente.

— Trente? eh bien! nous aussi; soyons de francs rivaux :
En avant, les bons gars! faucheurs, droit aux chevaux!
Ils ne mangeront plus, dans leur dédain superbe,
Notre froment sur pied et notre seigle en herbe. »

Aussi dru que marteaux sur enclumes de fer,
Les coups s'accumulaient dans ce tournoi d'enfer;
Aussi fort que l'orage, et la grêle, et l'ondée,
Le sang pleuvait à flots sur la terre inondée.

Aux haillons des truands les armures des preux
Ressemblaient, à cette heure, avec leurs trous nombreux;
Et les cris qu'ils poussaient, dans leur accent sauvage,
Imitaient l'océan roulé sur son rivage.

Ah! c'était belle chose, oui, belle chose à voir;
Et l'on besognait dur, car il fallait savoir
Si les gars de chez nous, si les gens d'Angleterre,
Ou plus, ou moins, un jour engraisseraient la terre.

III

Au brave Tinténiac, ce hardi batailleur,
La Tête-de-Blaireau disait d'un ton railleur :
« Tiens! un coup, un seul coup de ma lance intrépide ;
Et dis-moi, Tinténiac, si c'est un roseau vide!

— Ce qui, dans un moment, sera vide ou plein d'air,
Bembrough, mon bel ami! c'est ton crâne de fer ;
Plus d'un corbeau viendra, béant à la pâture,
De ta cervelle, Anglais, fouiller la pourriture! »

Il n'avait pas fini, que son bras envoyait
Au fier provocateur un tel coup de maillet,
Qu'en fracassant son casque il lui broya la tête,
Ainsi qu'un limaçon sur qui le pied s'arrête.

Keranrais, en voyant ce fait d'armes vainqueur,
S'écria, rire aux dents, joyeux, grinçant du cœur :
« Voilà comme en Bretagne on reçoit l'Angleterre ;
C'est en tombant ainsi qu'ils prendront notre terre ! »

« Page, combien de morts ? je voudrais le savoir.
— La poussière et le sang m'empêchent de rien voir.
— Page, combien de morts, au nom de Notre-Dame ?
— En voilà cinq, six, sept. — Que Dieu sauve leur âme ! »

IV

De l'aurore à midi, de midi jusqu'au soir,
Anglais contre Bretons, sans merci, sans espoir,
Bataillaient et hurlaient. « De l'eau ! la soif me brûle ! »
S'écria Beaumanoir qui jamais ne recule.

Oyez comme à son chef un Breton répondra :
« Beaumanoir, bois ton sang, et ta soif s'éteindra ! »
A ces mots que Geoffroy lui dardait comme un glaive,
Le cœur du chevalier, plus vaillant, se relève.

De honte et de fureur il plissa son grand front ;
Et, tombant sur ceux-là qui causaient son affront,
Terrible et rugissant, il étendit par terre,
Sous son branc acéré, cinq hommes d'Angleterre.

« Dis-moi, page, combien d'Anglais encor debout ?
— Seigneur, un, deux, trois, quatre, et cinq, et six : c'est tout.
— Prenons-les à merci, la mort doit être lasse :
Au prix de cent sous d'or ils obtiendront leur grâce. »

V

Certe il n'eût pas été vrai Breton, celui-là
Qui n'eût pas été fier en apprenant cela,
Et qui dans Josselin, la cité d'Armorique,
N'eût pas senti bondir son cœur patriotique ;

En voyant de retour, après leur coup hardi,
Nos gars de la Bretagne et leur chef applaudi,
Portant sur les cimiers qui rehaussaient leur taille
Des touffes de genêt, fleurs du champ de bataille.

3

Certe il n'eût pas été vrai Breton, celui-là
Qui n'eût pas dit vingt fois, en apprenant cela :
« Ici-bas ou là-haut, ciel ou terre, il n'importe,
Monseigneur saint Kado sur tous les saints l'emporte ! »

LA BATAILLE DE POITIERS

LA BATAILLE DE POITIERS

(1356)

———

Euge victis !

I

Trop longtemps le rhapsode, aux éclairs d'une épée,
Butina dans le sang l'homérique épopée ;
Trop longtemps on l'a vu, sans honte, sans remords,
Sur les pas du vainqueur glaner au champ des morts.

Moi, qu'on n'entendra point, pour flatter la victoire,
Dans un vers sans pudeur faire mentir l'histoire,
Moi, poète novice, et qui n'ai point vécu,
J'ose chanter ici la gloire d'un vaincu.

Me faut-il évoquer de la double colline
La Muse des vieux jours à la voix sibylline?
Mon chant national, pour fêter un grand nom,
Criera-t-il à Phébus : « Viens à mon aide? » Non !
Mais, ô France, ô ma Muse, ô ma noble patronne,
Si tu m'entends, du haut de l'histoire, ton trône,
Exauce en son désir pur et chevalereux
Ton fidèle servant, ton barde chaleureux.
Viens à moi, viens à moi : donne à ma tyrtéenne
Le mâle et rude accent de ta voix plébéienne ;
Donne à mon jeune vers ton robuste maintien,
Donne à mon jeune cœur les battements du tien.

II

Un soleil de septembre aux clartés printanières
Ruisselait sur les plis des royales bannières ;
Le dix-neuvième jour de ce néfaste mois,
Ironique, brillait sur nos champs et nos bois.
Entouré de ses preux, Jehan, ce roi des braves,
Qu'abandonnèrent seuls les lâches, les esclaves,
Se haussant sur l'arçon de son blanc destrier,
Aux cœurs de ses barons versait un feu guerrier :

« Naguère on se faisait, » criait-il, « une fête,
« Menaçant les Anglais à Chartres, à Paris,
« De se voir devant eux, le bassinet en tête,
« Et de fondre dessus, comme sur des maudits.

« Eh bien ! vous y voilà ; marchez, je vous les montre :
« Impossible pour eux de reculer, de fuir.
« Profitons vaillamment d'une telle rencontre ;
« Montrons-leur, à grands coups, que nous savons haïr.

« Sous le sombre nuage où la foudre se brasse,
« Hier encore, atterrés de crainte et de remord,
« Ils ont baissé la voix, ils ont demandé grâce ;
« Mais nous leur porterons pour réponse la mort.

« Quand je réveille en moi leurs attentats infâmes,
« Je sens monter la honte à mon front rougissant :
« Ils ont brûlé nos toits, déshonoré nos femmes ;
« Ils ont volé notre or, ils ont bu notre sang ;

« Ils ont pris notre honneur... Français, à la rescousse !
« Poursuivons dans nos champs, traquons dans nos halliers
« Ces brigands d'outre-mer dont la main nous détrousse.
« En avant, bannerets ! en avant, chevaliers !

« Saint-Denis ! mes féaux, en avant ! pied à terre !
« Trois cents cavaliers seuls ouvriront le chemin.
« Marchons : du haut des cieux l'Arbitre de la guerre
« Nous donnera du cœur et nous tendra la main.

« Angleterre, aujourd'hui si rien ne me seconde,
« Au succès qui m'est dû s'il me faut dire adieu,
« Je t'appelle au combat dans le champ clos du monde,
« Et j'invoque entre nous le jugement de Dieu ! »

III

En avant!... Tout s'ébranle, et la voix des trompettes
Résonne au fond des cœurs en exaltant les têtes;
Les trois cents cavaliers, les centaures de fer,
Roulent sur les Anglais leur tourbillon d'enfer;
Sur les pas des chevaux l'ardente infanterie
Piétine, et, sans prévoir l'horrible boucherie,
Cavaliers, fantassins, plongent d'un même effort
Dans le défilé sombre où Dieu fixa leur sort.

Qu'est-il donc arrivé? Sur la route qu'ils frayent
Pourquoi tous ces chevaux qui se cabrent, s'effrayent,
Et, renversant sous eux leurs maîtres abattus,
Tombent criblés de traits dentelés et pointus?
Ah! l'Anglais était là... Pour frapper sa victime,
Dans ces épais buissons caché comme le crime,
Il voyait sous ses coups l'imprudence affluer,
Et, tranquille, attendait le moment de tuer.
Grand Dieu! par l'ouragan quelle moisson fauchée!
Le sang français déborde, et la terre jonchée
S'encombre à chaque pas de blessés, de mourants;
Plus de chefs obéis, plus d'ordre, plus de rangs.
Seuls, passant sur le ventre aux archers d'Angleterre,
Les maréchaux français, les deux foudres de guerre,
D'Andreghem et Clermont, héroïques rivaux,
Au front de la colline ont poussé leurs chevaux :
Mais un terrain perfide où serpente la vigne,
Ouvrant sa glèbe molle au sabot qui trépigne,
Amortit leur essor, embarrasse leurs pas;
Ils tombent... et Clermont ne se relève pas!
Plus heureux... moins heureux!... d'Andreghem se relève.
Ah! que n'est-il resté sous l'adieu froid du glaive!
Mieux vaut, pour un vaillant, réchapper mort que vif :
Clermont est libre, au moins; d'Andreghem est captif !

IV

Sur les rangs qui derrière à leur secours s'avancent,
Refoulés par la peur, les fantassins se lancent;
Bientôt, sur tous les points où leur vague a donné,
Ce flot inéluctable a tout désordonné.
Le péril est flagrant; mais, d'une voix hardie :
« En avant! » a crié le duc de Normandie.
L'aile gauche s'ébranle. Alors, ô prince Noir,
Tu nous lâches Warwick, la mort, le désespoir;

Sur le flanc qu'on lui prête il tombe, lourd tonnerre;
Sous ses coups maint Français roule dans la poussière,
Et Gauthier, contre lui se dressant comme un roc,
A disparu broyé sous ce terrible choc.
Que vois-je? A cet aspect, dans les champs tu t'élances?
Tu fuis, dauphin, tu fuis? et plus de huit cents lances
Désertent sur tes pas et ne feront plus rien?...
Ce sont tes gouverneurs qui t'entraînent?... C'est bien;
Tu ne dois pas mourir, il est vrai, car la France
Saura venger par toi sa honte et sa souffrance :
Mais, dauphin, qu'il est dur, quand on est comme toi,
De ne pouvoir défendre et son père et son roi!
Tu fuis!... Ce n'est pas tout : le soldat te contemple;
Il fuira comme toi, docile à ton exemple.
Vois-tu, vois-tu déjà ces braves communiers?
Fuis : ce ne seront pas après toi les derniers.

V

La droite, où d'Orléans commande à seize mille,
A la gauche en déroute aussitôt s'assimile.
Certes le duc devait d'un courage serein
Opposer à l'Anglais le boulevard d'airain ;
Il devait, il pouvait balancer la victoire :
Mais, en voyant l'autre aile où la fuite est notoire,
A l'aspect imprévu de ce grand désarroi,
Sans songer à l'honneur, à la France, à son roi,

Le félon qu'il était, l'ignoble *foi mentie,*
Entraînant tout son monde, a quitté la partie.

Oh ! tant qu'on parlera de ce choc de géants,
A jamais, à jamais sois flétri, d'Orléans !
De ton sauve-qui-peut toujours tu rendras compte.
Il t'a sauvé la vie, ô prince : mais la honte,
La honte qui jamais ne fait grâce au couard,
Tu l'emportes en croupe à ton genet fuyard.
Oh! sois flétri toujours, oh! sois flétri sans cesse;
De plus bas en plus bas que ton nom se rabaisse,
Et que dans l'avenir, où justice t'attend,
Armé de l'anathème au tonnerre éclatant,
Tout homme, tout Français qui garde encore une âme,
Crache un mépris sans fin sur ta mémoire infâme!

VI

Galle a vu fuir ce brave aussi prompt que le vent.
« — Prince, » lui dit Chandos, « à cheval ! en avant !
« Dieu s'est montré pour vous, et la journée est vôtre.
« Laissons là dans l'opprobre un lâche qui se vautre ;
« Marchons au roi de France. Allez, je le connais :
« Il nous demeurera, car il ne fuit jamais. »
— « Compagnon, tu verras si je marche en arrière, »
Répond le prince Noir ; et, sur-le-champ : « Bannière,

4

« De par saint George et Dieu, chevauchez en avant ! »
Puis, descendant la côte, il s'élance. On l'attend.

Domine, salvum fac Regem! L'heure est venue ;
La victoire là-haut plane encore inconnue...
Au vaillant désespoir forcé de recourir,
Un roi peut toujours vaincre, alors qu'il veut mourir !

VII

Saint-Denis! De nos rangs tel est le cri de guerre :
Saint-George! ont répondu les hommes d'Angleterre,
Et de leurs escadrons l'irrésistible flot
Sur les nôtres à pied s'accumule au galop.
A vous, la fleur des preux ! à vous, fils de la France !
Soutenez votre los, ayez en remembrance
Le mal que vous a fait un ennemi sans foi ;
Défendez votre honneur, défendez votre roi !

Mais, las! il a failli, tout ce brillant courage;
De l'ouragan de fer rien n'a brisé la rage;
Tout fuit, tout cède au choc, et les vainqueurs altiers
Refoulent les vaincus jusqu'aux murs de Poitiers.
Le fuyard crie : « Ouvrez, bourgeois! asile! asile! »
. — « Non! » répond sans pitié la clameur de la ville,
« Non! avec les vaincus entreraient les vainqueurs. »
Et les Anglais riaient, ces terribles moqueurs.
Soudain dans la campagne, où la mort fait battue,
Un long cri s'enfle et roule, un cri lugubre : « Tue! »
Partout du sang; le sang rougit les flots du Clain...
Vengeance! entendez-vous, ô Bertrand du Guesclin?

VIII

Entouré de ses preux, Jehan, ce roi des braves,
Qu'abandonnèrent seuls les lâches, les esclaves,
Entouré de ses preux, Jehan, le roi Jehan,
La hache en main, debout, surgit comme un géant.
Il frappe, il frappe, il frappe, et l'ennemi sans cesse
S'offre comme aliment à sa vaste prouesse ;
Et, sous l'œil du lion, au souffle de sa voix,
Déjà la meute anglaise a reculé vingt fois.

Frappez, Sire ! frappez, Fortune de la France !
Et vous, barons, poussez le cri de recouvrance ;
Oui, tous à la rescousse ! et, vivants boucliers,
Autour de votre roi serrez-vous, chevaliers !
C'est bien : les voilà tous, et l'honneur les enflamme ;
Tous, comme s'ils n'avaient qu'un bras, qu'un cri, qu'une
Couvrent, suprême effort d'amour, de loyauté,   [âme,
Du rempart de leurs cœurs, la sainte Royauté.

IX

Là, Geoffroy de Charny, qui, d'une main loyale,
Gardait contre l'Anglais la bannière royale,
Défendant son dépôt comme il l'avait promis,
Tombe criblé de coups, écrasé d'ennemis ;
Mais son dernier soupir, que la haine savoure,
Semble exhaler encore un parfum de bravoure,
Et de ses bras crispés il étreint sur son cœur
Le blanc drapeau, rougi par le sang du vainqueur.

Embaumé dans les plis de ce linceul de gloire,
Dors en paix, fils des preux ! Que le ciel de l'histoire,
Ce ciel tout constellé de hauts faits révolus,
T'admette radieux au rang de ses élus ;
Et, comme, aux jours de crise, aux heures de souffrance,
Ton bras fut à ton prince, et ton cœur à la France,
Lorsqu'à ce double amour il te faut dire adieu,
Que de même, ô Geoffroy, ton âme soit à Dieu !

X

Que fait Jehan? Jehan lutte et bataille encore.
Que sa face de roi d'un beau feu se décore !
Qu'il est fier dans sa pose, et que ses yeux hagards
Dardent aux assaillants de terribles regards !
Quel est, à ses côtés, cet enfant qui l'embrasse ?
Son front de quatorze ans, auréolé de grâce,
Son doux et franc visage est livide d'effroi.
Il tremble... mais pour qui?... pour son père et son roi.

C'est l'enfant bien-aimé, c'est le jeune Philippe ;
De l'amour filial c'est le plus noble type.
Que de coups suspendus sur le héros lassé
Pare avec tout son corps le pauvre enfant blessé !
En vain son père en transe ordonne qu'on l'emmène :
A l'œil qui le surveille, à la main qui l'entraîne
Il échappe, et, sublime en sa rébellion,
Le lionceau prétend mourir près du lion.
Trop faible, non de cœur, mais de bras, mais de taille,
Sans cesse il crie au roi, seul but de la bataille :
« Mon père, prenez garde ! On vous porte des coups
« A droite, à gauche, ici, plus loin, derrière vous ! »
Brave enfant ! oui, vous seul, en ce jour de souffrance,
Vous vous êtes montré fils de roi, fils de France ;
Vous n'avez pas fait voir un sang abâtardi :
Honneur, honneur à vous, Philippe le Hardi !

XI

Le combat tombe avec la royale bannière,
Et contre un homme seul lutte une armée entière;
Mais cet homme est un HOMME, un chevalier, un roi;
Mais chacun de ses coups, c'est la foudre, l'effroi,
La mort!... Son casque roule, au fort de la mêlée :
N'importe! l'œil en feu, la tête échevelée,
Pour sauver son honneur aux dépens de ses jours,
Héros opiniâtre, il résiste toujours...

Ah ! Sire, qu'ai-je vu ? De deux grands coups d'épée
Votre front est meurtri, votre face est frappée ?
Votre sang coule ?... Où donc l'Anglais au bras si fort ?
Qu'est-il donc devenu ?... Je le cherche... il est mort.
Chevalier-roi, courage ! Ah ! mieux vaut sur la joue
Une marque de sang qu'une marque de boue ;
Et sur visage d'homme, ô mon beau souverain,
Mieux vaut, vous le savez, le glaive que la main !

XII

Déjà l'horrible lutte a vu sa troisième heure ;
On respecte le brave, on ne veut pas qu'il meure,
Et sans cesse on lui crie, admirant tant d'effort :
« Rendez-vous, rendez-vous, Sire ! ou vous êtes mort ! »
Hélas ! il perd son sang, sa force est abattue ;
Mais il n'écoute rien, mais il veut qu'on le tue,
Et certes l'ennemi remplirait son désir...
Soudain de faibles bras il s'est senti saisir ;

Dans son sein paternel une tête pâlie
Se cache, et de son cœur la fibre est ramollie.
Ah! c'est son fils blessé, son enfant plein d'émoi,
Qui lui crie : « Au secours, mon père! sauvez-moi! »
En voyant ce pauvre ange, à l'aspect de ses larmes,
Pour la première fois il ressent des alarmes.
Alors un chevalier, parlant au nom de tous,
Lui dit avec respect : « Sire, enfin rendez-vous! »
— « Me rendre? à qui? Ce n'est qu'à mon cousin de Galle
« Que je veux, s'il le faut, donner ma foi royale. »
— « Sire, il n'est pas ici; mais rendez-vous à moi,
« Et je vous mène à lui. » — « Votre nom? » dit le roi.
« Denis de Morbec, Sire, et l'Artois m'a vu naître;
« Mais j'ai quitté la France, où je ne puis paraître,
« Ayant, un temps en çà, forfait à mon devoir,
« Et, comme vous voyez, je sers le prince Noir. »
— « Adonc, » répond le roi, « je me rends, et pour gage
« Prenez mon gantelet. » Il dit : rendant hommage
En cet instant suprême au martyr de l'honneur,
Denis se courbe aux pieds de son ancien seigneur.

XIII

Assez! arrêtons-nous, Muse nationale;
Pour peindre des Anglais l'allégresse infernale
Pas un vers! Mais, ô France, il nous reste un devoir :
C'est d'exalter ici le nom du prince Noir.
Le succès l'a fait grand par-delà son attente;
N'importe : dès qu'il voit s'avancer vers sa tente
Le vaincu qu'on prendrait pour un triomphateur,
Le héros dont il n'est qu'un pâle émulateur,

Il sort, et, devant lui s'inclinant jusqu'à terre :
« Les épices! le vin! » dit l'enfant d'Angleterre.
Puis, merveille de plus en ce merveilleux jour,
Lui-même, il les présente au roi *par grand amour;*
Et puis on le verra, le soir encore, à table,
Respectant ce que l'homme a de plus respectable,
Le malheur; oui, le soir, on le verra, debout,
Servir son prisonnier, s'effacer jusqu'au bout,
Refuser, près de lui lorsque le roi l'appelle,
D'occuper, comme indigne, une place aussi belle,
Et sur le piédestal de son humilité
Grandir, comme un géant, pour l'immortalité!

Angleterre, Angleterre, ô moderne Carthage,
Tu n'as pas eu longtemps ce glorieux partage,
Et ton jeune Annibal, sur un signe de Dieu,
A ton bourbier punique a bientôt dit adieu.
Dans ton nid de vautours il s'isolait en aigle,
C'était l'exception de ton infâme règle,
Et grâce à lui le monde, éternelle stupeur!
A pu voir un Anglais sans reproche et sans peur.
Mais cette âme d'élite, en dégoût de ta fange,
S'essora vers le ciel qui d'un preux fit un ange,
Et depuis ce temps-là nul palais, nul manoir
N'a vu naître outre-mer un second prince Noir!

XIV

Sire, n'ayez vergogne : à travers la bataille
Vous vous êtes montré dans toute votre taille ;
Vous avez combattu, tenace au champ d'honneur,
Par le glaive, la voix, les yeux, l'âme et le cœur !
La France avait en vous un digne mandataire.
Car il restait un compte entre elle et l'Angleterre :
Ce compte de douleur, de sang, de trahison,
Il fallait le régler... et vous aviez raison ;

Oui, vous aviez raison, mon noble capitaine,
De vouloir, d'un seul coup, trancher mille ans de haine !
Mais raison n'est pas force, ô glorieux vaincu ;
Raison n'est pas fortune... et vous l'avez bien vu.
La victoire a trahi votre emprise vaillante,
Et la hache a trompé votre main défaillante.
N'importe : honneur à vous, ô roi chevalereux !
Vous avez été brave où l'Anglais fut heureux.
Ne désespérez pas de la chère patrie :
Allez, elle est vaincue, elle n'est point flétrie.
Sur le sol des captifs marchez d'un ferme pas :
Du cœur, mon roi ! du cœur !... La France ne meurt pas !

XV

Plus tard l'Anglais brûlait Jehanne la Pucelle ;
Bientôt allait mourir la dernière étincelle ;
Le bûcher s'éteignait. Alors on voulut voir
Si cette flamme anglaise avait *fait son devoir*.
On écarta la cendre, on remua la braise...
Rien... L'homme d'outre-mer déjà rugissait d'aise :
Very well ! criait-il... A l'élément vainqueur
Rien n'avait échappé, rien... excepté le cœur.

Oui, ton cœur héroïque, ô vierge des batailles,
Ce cœur où nul Anglais ne put ouvrir d'entailles,
Ce cœur que nul Anglais ne fit battre d'effroi,
Sanctuaire où trônaient Dieu, la France et le Roi,
En dépit du bourreau qui, pâle comme un traître,
Couvrait cet ennemi de soufre et de salpêtre,
Pétillant, indigné, ce cœur, ce noble cœur,
Résistait, résistait, toujours, toujours vainqueur !

Ainsi de vous, ô France, ô reine de l'histoire :
Chaque fois qu'un Bedford, escroquant la victoire,
Acheta du félon qui toujours vient s'offrir
Le droit voluptueux de vous faire souffrir,
Et que la trahison, cette infâme complice,
Sur un mot de l'Anglais vous traînant au supplice,
Jeanne des nations, Pucelle aux trois couleurs,
Vous garrotta mourante au bûcher de douleurs,
Des bourreaux d'outre-mer toujours la flamme immonde
Recula devant vous, ô France, ô cœur du monde !

XVI

J'ai fini : mais, déçu dans mon espoir féal,
Je suis resté bien loin du bardit idéal.
Oh ! que j'aurais voulu, moi, poète inutile,
Pour donner à ma verve un plus généreux style,
Au lieu de naître infime en un siècle petit,
Vivre, mourir, combattre où Jehan combattit !
Oh ! que j'aurais voulu, chevalier de la France,
Poussant à tes côtés le cri de recouvrance,

Au lieu de torturer mon cerveau sans effet,
Trouver au bout du glaive un poème tout fait !
Oh ! que j'aurais voulu, composant par l'épée,
Des gouttes de mon sang t'écrire une épopée,
Et chanter sous tes yeux, dans un suprême effort,
Au Dieu de mon pays l'hosanna de ma mort !

LES DEUX VIERGES

LES DEUX VIERGES

⸺

Benedictæ vos in mulieribus.

Vierge de Bethléhem, vierge de Vaucouleurs,
Double Rose MYSTIQUE aux rivales couleurs,
Qui brillez à l'envi, sur vos tiges de gloire,
L'une aux bords du Jourdain, l'autre aux bords de la Loire,

Fleurs jumelles, ô vous, parfums délicieux
Qu'égara sur la terre une brise des cieux,
Mon cœur enthousiaste avec amour marie
Le noble nom de Jeanne au doux nom de Marie.

Car ils parlent tous deux, grave et chaste entretien,
Au culte du Français, à la foi du chrétien.
Salut, pleines de grâce, ô vous, la fleur des âmes !
Dieu voulut vous bénir entre toutes les femmes;
Pour accomplir en vous un immense dessein
Le Paraclet d'en haut pénétra votre sein,
Et, vous garantissant des amours éphémères,
De deux vierges sans tache il fit deux vierges mères.

Voilà comment, prodige encor trop peu vanté,
L'une et l'autre par Lui vous avez enfanté,
Toi le salut du monde, et toi, dans la souffrance,
O vierge des combats, le salut de la France.

Des deux Roses, quelle est la plus riche en couleurs :
Celle de Bethléhem, celle de Vaucouleurs?
Ah ! n'allons pas choisir : le choix serait impie.
L'ange a dit à chacune : « O femme, sois bénie! »

Celle de Bethléhem a sauvé l'univers;
Mais, j'oserai tout haut l'affirmer dans mes vers,
Celle de Vaucouleurs n'est pas la moins féconde,
Car, en sauvant la France, elle a sauvé le monde.

Vierge de Bethléhem, vierge de Vaucouleurs,
Double Rose mystique aux rivales couleurs,
Qui brillez à l'envi, sur vos tiges de gloire,
L'une aux bords du Jourdain, l'autre aux bords de la Loire,
Fleurs jumelles, ô vous, parfums délicieux
Qu'égara sur la terre une brise des cieux,
Mon cœur enthousiaste avec amour marie
Le noble nom de Jeanne au doux nom de Marie.

LE ROI

LE ROI

TABLEAU D'HISTOIRE

———

Legio mihi nomen.

I

Oh ! le Roi ! nom sublime, et magnifique idée !
Le Roi du moyen âge, à poitrine bardée,
L'homme-symbole, au front auréolé de feu,
Représentant du Christ, mandataire de Dieu !

Le Roi, cœur de lion, bras de fer, coup d'œil d'aigle,
Passant tout au niveau, courbant tout sous sa règle !
Le Roi ! centre et pivot de chair ! vivante Loi,
Grandissant jusqu'à dire enfin : « L'ÉTAT, C'EST MOI ! »
Gigantesque figure à jamais incomprise !...
Oh ! si profondément j'abhorre et je méprise
Le despote sans âme, égoïste et mesquin,
En retour, croyez-moi, mon cœur républicain
Comprend ce qu'inspirait, en des jours de souffrance,
Cette incarnation, ce Verbe de la France,
Ce Christ séchant les pleurs et rassurant l'effroi,
Cet envoyé d'en haut qu'on appelait le Roi.
Lui, c'était tout : le Peuple était encore à naître,
Et nul parmi des serfs n'eût pu le reconnaître ;
Il existait pourtant, mais sans vivre de soi,
Mais géant virtuel, en germe dans le Roi,
Le Roi, Peuple fait homme !... Aussi nos bonnes villes
Étaient son bouclier dans les guerres civiles ;
Quand l'Anglais et le traître, unis d'un cœur félon,
Sur les morts d'Azincourt se haussant du talon,
Levaient d'un double effort leurs mains vers la couronne,
Communiers et bourgeois, serrés autour du trône,
Aux assauts d'outre-mer, aux complots du vassal
Opposaient un rempart vivant et colossal.
Peuple et Roi, c'était UN !... corps vaste et tête altière :
Dans un seul cœur battait la France tout entière,
Et, lorsque la patrie appelait aux combats,
Un seul homme frappait avec cent mille bras !

II

Puis, quand la main des preux au fronton de l'histoire
Sculptait avec le glaive une immense victoire,
Quand le Roi, notre sire, aux murs de Saint-Denis
Rapportait l'oriflamme à ses gardiens bénis,
Le bourdon triomphal entonnait, chant plein d'âme,
Un *Te Deum* de bronze aux tours de Notre-Dame,
Et du nord au midi, vibrant comme un beffroi,
Un seul cri répétait : « Noël ! vive le Roi ! »

Et puis, quand la Fortune, inconstante déesse,
Du prince et des barons trahissait la prouesse,
Quand, aux champs milanais, la sainte Royauté
Tombait, frappée aux reins par la déloyauté,
En ces jours de douleur la même voix encore,
Par la bouche d'un roi que sa fierté décore,
D'un brillant chevalier sans reproche et sans peur,
Criait : « Tout est perdu, tout... EXCEPTÉ L'HONNEUR ! »

III

C'était une grande ère, une époque féconde,
Chaos vertigineux où fermentait un monde,
Où, comme, aux premiers jours de ce vieil univers,
Quand guerroyaient entre eux les éléments divers,
Féodalité reine et Royauté naissante
Se tordaient corps à corps dans leur lutte incessante.
Mais le Peuple, attentif, parait avec son cœur
Les coups que l'on portait à son prince; et, vainqueur,

Brisant les vains efforts d'une masse difforme,
Le Roi, tête par tête, abattit l'hydre énorme.

Enfin Richelieu vint... Du monstre terrassé
Grouillait encor, parfois, maint tronçon convulsé,
Derniers débris, cherchant à renouer leur être...
Sombre, il écrasa tout sous son pied lourd de prêtre.

IV

Ainsi du sol français la Féodalité
Disparut : à sa place apparut l'Unité ;
Ce qui jadis était Royauté *militante*
Devint à ce moment Royauté *triomphante*.
Mais celle-ci, bientôt, outre-passant ses droits,
S'appela Despotisme et régna sur les lois.
Dès lors son front perdit l'auréole de flamme ;
Le Peuple animateur lui retira son âme,

Et d'un Dieu courroucé l'indigne lieutenant
Ne représenta plus qu'un homme... le néant !
La plèbe, ce jour-là, dressant ses mille têtes,
Enfla son cri lointain, précurseur des tempêtes ;
Mariée à ce cri, la voix de Jéhova
Fit retentir ces mots : « LA ROYAUTÉ S'EN VA ! »
La Royauté, tremblante, à son heure dernière,
Endossa la Bastille, une armure de pierre ;
Elle attendit, béante et le cœur anxieux,
Comptant que le salut lui descendrait des cieux...
Mais rien n'en descendit, qu'un mortel anathème !
Et, front haut d'une part, ici visage blême,
On vit alors, spectacle à terrasser d'effroi,
L'un debout, l'autre à plat, tout et rien, Peuple et Roi !
Oh ! ce fut une scène unique et solennelle :
Le géant foudroya le nain sous sa prunelle,
Et, redoublant l'éclair de son œil enflammé,
Le tua d'un regard... et TOUT FUT CONSOMMÉ :
Car, d'un seul *Fiat lux,* en sa force féconde,
Créant, comme Dieu même, un nouveau jour au monde,
Le Peuple avait crié, la mèche sur l'affût :
« Que la Lumière soit !... » ET LA LIBERTÉ FUT !

TABLE